KB107042

그러려니가 있다

그러려니가 있다

유병란 시집

불교문예

지난 몇 년
지도에도 없는 길을 걸어 집으로 돌아왔다
천천히 온기가 스며들고
너무 느리지도 빠르지도 않은 시간들이 흘러간다
특별할 것 없는 평범한 하루하루가
감사하고 소중하다

2024년 1월
유병란

차례

** 시인의 말

1부

빈틈   12

이별이 책갈피에서 걸어 나왔다   14

번아웃 증후군   16

알밥 먹으러 갈까요   18

그 공원에 꼬리 달린 남자가 살고 있다   20

출구는 없다   22

건넜거나 건너지 못한   24

양피파즈   26

갑골문 발굴지   28

빨강 내복의 반복   30

나도 노약자   32

절룩이는 꽃집   34

목련꽃을 나는 걸었네   36

피아노 독주   38

금요일의 터미널   40

2부

자라를 찾아서 44

내 몸은 오래된 악기 46

발자국이 발자국을 따라 묵언수행 48

옥수역을 지나 회기역에 도착하는 동안 49

고요도 마당을 한 바퀴 돈다 50

그러려니가 있다 52

열두 장의 시간을 걸며 54

불두화 보살 56

그녀의 사월 58

언니의 바다 60

미술관 입구 62

끝방 64

날파리 증후군 66

뒷방 노인 68

목소리 70

3부

가을, 능내역에서   74

산사에서   76

저물녘 바다 찻집에서   78

풍장風葬   80

닮아간다는 것   82

오후 두시   84

빈집, 물 위를 건너갈 때   85

가면은 힘이 세다   86

환승 바이러스   88

흉터   89

난독증을 앓는 계절   90

꽃살무늬 창살을 열며 보았지   92

눈 뜨고 자는 물고기   94

기억의 갈피마다 봄은 얼마나 짧고 깊었을까   96

기역자 부처   98

4부

융프라우 산악열차   102

벚꽃엔딩   104

감나무 변천사   106

선   108

입주 동기   110

매미   111

조기 퇴직자   112

밤의 무게   114

낮병동   116

달이 품은 종려의 이마는 높이를 가진 통증 같다   118

포대화상   120

주름치마 속   122

곱사등이 그 사내   124

1cm의 거리   126

마이너스 통장   128

** 작품론

빈틈의 정신과 여유의 시학   132

황정산(시인, 문학평론가)

1부

빈틈

틈을 보이지 말라고 엄마가 말했어요
보이지 않는 틈도 언젠가는
큰 상처가 되어 돌아온다고 언니도 말했어요

살다 보니 곳곳에 빈틈이 생겨 갈라지고 떨어져 나가
때로는 발등이 깨질 때가 있어요
틈을 메우면 메울수록 자꾸만 늘어나는 빈틈이 신경 쓰
여요

가끔은 빈틈을 거울 앞에 올려놓고
길쭉하게 반사된 틈으로 들어가 전신을 비춰봐요

좁고 어두운 틈 앞에 서서
크레바스처럼 깊숙한 곳으로 내려가 봤어요
내려다 볼 때는 시퍼렇고 날카로운 틈의 깊이가 두렵기
도 했지만
아무 일도 일어나지 않았어요

오히려 빈틈 막다른 곳에서는 더 깊은 물소리가 났어요

틈이라고 다 같은 틈은 아니겠지만 넓어진 틈에서는
가끔 큰꽃으아리 같은 커다란 별이 내려와
두 다리를 쭉 펴고 쉬어가는 걸 봤어요

빈틈에도 쉼터가 있다는 걸 사람들은 알까요?

이별이 책갈피에서 걸어 나왔다

오래전 겨울
금이 간 이별을 책갈피 깊은 곳에 넣어 둔 적 있다

그 후로 비가 오거나 눈이 올 때
목련꽃이 바닥에서 지문을 찍으며 말라갈 때
눅눅해진 이별을 꺼내 창가에 걸어두고
해가 질 때까지 릴케를 읽었다

이별은 어떻게 살았을까

오가는 이 없는 빈집 담장에 기대
홀로 칡넝쿨을 뻗어가며 새를 그리던 이별
어떤 날은 허공을 활짝 열고
몽돌처럼 순해진 기억을 뒤란 꽃밭에 심어놓기도 했다

이제 몇 번의 계절이 나에게 남아 있을까
볕 좋은 가을을 속눈썹에 올리고

이별에 묻은 먼지를 털며
떠나간 것들을 생각한다

오늘은 몇 생을 건너온 그대가
이별을 펼쳐놓고 앉아 나를 보고 있다

번아웃 증후군

먼 곳을 돌아온 발에서 검은 뿔이 돋는다

뛰는 심장을 깊은 숲속 구상나무에 걸어 놓고

제 몸을 이기지 못하고 쓰러진 통나무에 앉아 바람 소리를
듣는다

한동안 상실된 것에서 마른 풀들이 부서져 날릴 것이다

볕 좋은 날 창문을 열고 떠다니는 말의 먼지를 털어낸다

빈틈을 비집고 독풀처럼 자라난 가식과 날선 이야기

텅 빈 계절을 쓰레기통에 버린다

내 안에서 빠져나가지 못하고 시들어버린 바람의 무늬와

표정을 알 수 없는 혀의 말들

조금씩 바닥으로 몸을 낮추고 부풀어 기포가 생긴 입술을

죽은 나무가 모인 북쪽으로 돌려놓는다

가끔 혀의 말에 숨이 차오를 때면 머뭇거리지 않고 너를 잘
라낼 것이다

알밥 먹으러 갈까요

오늘의 날씨처럼 모여드는 발걸음이 맑고 경쾌해요

대구가 충혈된 눈으로
지느러미를 세워 알들을 흘려보내고 있어요

알에서 바다냄새가 보글보글 올라와요

알을 지키지 못한 내 어미에 대해 생각해 봤어요
심해로 들어가 몸을 낮추고
부푼 배를 숨기거나
입술이 파래지도록 숨을 참았더라면 달라졌을까요

꾹 다문 어미 입에서 자꾸만 한숨이 흘러 나와요

어미 뱃속에서 터져 나온 알들이 몽글몽글 끓고 있어요
누구의 알인지는 중요하지 않아요
입을 크게 벌리고 즐겁게 알들을 먹어요

입이 큰 물고기가 더 입이 큰 우리 입으로 끝없이 들어
가요

지구 끝에서 잡혀온 알들이 언 몸을 녹이는 곳에서
토독토독 터지는 알밥의 식감
북극도 있고 남극도 있어요

내일은 죽은 알에서 입이 큰 물고기들이 태어날 거예요

그 공원에 꼬리 달린 남자가 살고 있다

여러 개의 눈을 가진 남자가
장미넝쿨 사이에 숨어 있다

어둠에 익숙한 음지식물처럼
숨어서 바라보는 밖의 세상은 온통 파랑
붉은 눈을 굴리며 쏜살같이 건너가
몸을 숨기는 남자의 발톱이 뭉툭하다

민첩하고 은밀하게
쓰레기통을 뒤지는 늙은 고양이의 바싹 마른 등

눈칫밥을 먹으며
바스락 소리에도 온몸의 털들이 곤두서는
불안한 경계는 오래된 본능이다

빨간 눈을 가진 남자가 장미넝쿨 사이에서 나와
흙 묻은 앞발을 핥고 있다

오래전 늙은 아버지처럼

먹구름이 무거운 눈을 감았다 뜬다
달이 한쪽으로 기운다

붉은 눈들이 바닥에 수북하다

출구는 없다

횟집 수족관은 죽음으로 환승하는 간이역

심해에서 끌려나온 지느러미들
납작하게 바닥으로 몸을 숨기지만
숨을 곳이 없다

바다와 허공 중간 어디쯤
출구는 없다

지느러미 몸짓은 가늠할 수 없는 공포
가끔 유리벽에 혈흔이 비치기도 하지만
아직은 고요한 물결

숨소리를 숨긴다
마지막 손님이 돌아갈 때까지

수족관 맞은편 효사랑 요양병원

유리 외벽을 타고 오르는 햇살 지느러미들
바닥도 허공도 출구가 없다

오래 전 유리벽 안으로 들어간 사람들은 아무도 돌아오
지 못했다

속을 알 수 없는 수족관
저 건물 어디쯤 빠져나올 수 없는 심해가 있다

건넜거나 건너지 못한

강물 위에 무수한 눈동자가 떠 있다
곧 다가올 만찬을 기다리는 방식은 고요
강을 건너야 하는 거대한 누 떼의 발소리가
지축을 흔들며 장엄하게 달려오고 있다
몸속의 DNA가 위험을 감지하지만
멈출 수 없는 질주본능
먹구름과 천둥번개의 유혹을 뿌리치지 못한다
이끌리듯 강으로 뛰어드는 누 떼들의 낙화
악어 아가리들은 요동치고 피비린내가 강을 덮는다
주검을 밟고 달리는 누의 눈동자가 나를 본다
나도 전생의 어느 해 저 강을 건넜을 것이다
내 몸 곳곳을 훑고 지나가는
불안한 질주본능이 나를 지배한다
새끼를 강물에 두고 온 젊은 어미의 울음소리가
오래도록 강 위를 맴돌고 있다
젊은 아버지가 지병을 이기지 못하고 떠나던 날
방문 틈으로 새어 나오던 할머니의 울음소리 같다

바닥에 네 다리를 웅크리고 엎드려 있던 할머니
그 후로 할머니의 강에서는 늘 비릿한 흙먼지가 일었다
자식을 잃은 어미의 눈이 일몰로 물들어가는 동안
만찬을 끝낸 강물살은 잔잔하다

양피파즈

황하의 사공은 자주 죽음을 가공해요

사공의 마당에서는 죽은 양들이
몸을 깨끗이 비운 채 나란히 말라가지요
새하얀 털이 자라던 피부에서 물방울이 올라와요

양의 몸에 입으로 바람을 불어 넣어요
팔다리가 하늘로 쭉쭉 뻗어 오르면
통통하고 기름진 피부로 다시 태어나요

열두 마리 양들은 뗏목에 꽁꽁 묶여
사공의 충실한 종이 되지요

죽고 싶어도 죽지 못하고
누런 물길을 떠다녀야 하는 양의 후생은
사공의 손에서 길들여져요

관광객들은 양의 등가죽을 밟고 흘러 다녀요
누런 피가 뚝뚝 흐르는 뗏목

강물 그 아래 매달려 노를 젓는 양들은
울음을 물속 깊이 숨겨두고
어둑해질 때까지 황하를 떠다녀요

갑골문 발굴지

벽과 바닥에 붙어 있는 침묵이 검다
대기실 의자에 앉아 바라보는 허공도 무겁다

복대를 찬 노인이 거북목을 하고 앉아 눈을 껌벅거린다
얼마나 많은 곳을 헤엄치고 왔는지
껍질 곳곳이 갈라져 있다

진찰실 문이 열리자
어깨에 붕대를 감은 여자가
앞발을 느리게 헤치며 병실 바닥을 지나가고
휠체어를 탄 소년은 칭칭 감은 다리를
앞으로 내민 채 들어간다

여기저기서 들려오는 비명
아무도 그곳을 바라보지 않는다
못 들은 척 먼 곳을 바라보는 것은 이곳의 불문율

체념, 멀미 그리고 눈동자

험준한 길과 눈 덮인 설산과 아찔한 협곡을 지나온
차마고도 마방처럼 기진해진 몰골로
지하주차장을 서둘러 빠져나온다

지상엔 아무 일도 일어나지 않았고
길옆 화단 꽃들은 여전하다

멀지 않아 내 뼈들도 조금씩 자라날 것이다

빨강 내복의 반복

언제부터 생긴 규칙인지 알 수 없지만
우리는 그 규칙을 성실히 따랐어요

언니는 붉은 모란을 데려왔고
동생은 빨간 장미를 데려왔고
나는 백일홍 붉은 꽃송이를 데려왔어요

모란과 장미와 백일홍을 심은 엄마의 장롱 속은
해가 들지 않아도 꽃들이 피어나고
수시로 문을 비집고 나온 넝쿨들이
방과 마루를 점령하기도 했어요

볕 좋은 날에는
꽃들이 겹겹이 쌓인 장롱 문을 활짝 열고
하루 종일 먼지를 털고 말리며
꽃의 안부를 확인하던 어머니

뒤란 작약이 붉은 한숨을 내쉬며 시들어갈 때도
장롱 속 꽃들은 여전히 화사한 빨강내복

야트막한 따비밭에 당신을 묻고 온 날
상표도 떼지 못하고 불길 속으로 사라져간 빨강들

지금도 그곳에서는
엄마의 꽃밭이 무성하게 자라난 쓸쓸을 키우고 있을지도
몰라요

나도 노약자

허리 디스크가 파열되고 나는 이십년이 늙었다
시술도 하고 진통제도 먹었지만 내 걸음은 여전히 굼뜨다
앉고 눕고 걷는 것까지 내 몸의 허락을 받아야 한다
외출할 때는 평소 관심 없었던 노약자 엘리베이터 위치도
먼저 확인한다
온통 노인들뿐인 엘리베이터 안
노인들 눈에 나는 아직 애송이다
그래도 쭈빗쭈빗 엘리베이터를 탄다
못마땅한 눈초리들로 심장이 따끔거린다
그들 눈에 나는 게으르고 얌체 같은 중년여자일 뿐
얼마 전에도 지하철 노약자 엘리베이터를 탔다
할머니 한 분만 타고 있어서 다행이라 생각했는데
멀쩡하게 생긴 여자가 엘리베이터를 탄다며
나를 향해 험상궂은 말을 쏟아냈다
비좁은 것도 아닌데 엘리베이터가 자신의 것처럼 큰소
리친다
부아가 치밀었지만 웃는 얼굴로

"할머니 제가 허리 디스크 파열로 걷기가 힘들어요."
하지만 할머니는 겉으로 볼 땐 멀쩡하다며
내릴 때까지 구시렁거렸다

오늘도 나는 노인들 눈치를 살피며
그들과 함께 엘리베이터를 탄다
따가운 눈총이 온 몸에 박히는 날
봄빛은 하루가 다르게 영글어 가는데
내 몸은 여전히 삐걱거린다

절룩이는 꽃집

허름한 뒷골목 마을버스 정류장 앞
다리를 절룩이는 중년 남자가 꽃을 팔고 있다

버스가 정차할 때마다 뿔뿔이 흩어지는 사람들
그 모습을 우두커니 바라보는 남자 곁에
며칠 전 받아 놓은 꽃들이 시들어간다

사고로 직장을 잃고 보상금으로 차렸다는 꽃집은
늘 한산하다

어쩌다 가게 문이 열리고 닫힐 때마다
꽃집도 함께 절룩이고
온몸으로 받은 퇴직금도 힘없이 흔들린다

햇빛을 환하게 두른 소녀가
가끔 프리지아 안개꽃 한 다발을 안고 돌아가지만
양동이 속 꽃들은 줄지 않고

꽃보다 밥이 우선인 사람들은 밥을 꽃과 바꾸지 않는다

남자의 한숨이 문 앞을 서성이다 되돌아오고 또 되돌아
오고
저 문을 열고 들어오는 손님은 없다

눈부신 봄날
그는 아직 겨울에서 빠져나오지 못하고 있다

목련꽃을 나는 걸었네

몽환의 그때처럼 시간은 질서 없이 흐르고
담벼락인지 산인지
공간마저 불분명한 곳에서
서로의 벽은 목련처럼 자라납니다

지나온 시간은 활 한번 당긴 찰나일까요?
쏟아진 것들은 꽃처럼 멀어지고
달빛과 당신과 나 그리고 남아있는 길 위에
젖은 발가락 무늬들이 무성합니다

우리라는 말도 흐릿해지는
몽환의 어느 날
꽃이 피었다 떨어지는 것들의 옆자리에
당신과 나의 길이 있습니다

뒤돌아보면 저 멀리 보이는 목련나무
자라난 벽과 끝없이 이어진 길을

당신과 나 두 손 꼭 잡고 걸어가는

아픈 저녁입니다

피아노 독주

바다가 파도를 단단히 쥐고 있다
반항하는 아이처럼 순식간에 부서지며
재빨리 밀물에 몸을 섞는 파도

언젠가 손에 쥔 것을 놓쳤던 그때처럼

무거워진 시간을 가볍게 보내버리는 바다의 손가락이
가벼워진 시간을 무겁게 보내버리는 바다의 손가락이
물거품 따라 밀려드는 기억을
오선지에 그리고 있다

늙은 선인장처럼 가시가 무성했던
흰 건반과 검은 건반의 기억들

오선지를 가슴에 묻었던 그때처럼
포르티시모로 밀려오는 바닷물이 건반을 흔들어대던 그
때처럼

나도 모르게 음을 따라 노래하고 있었는데

붉은 노을을 더듬이처럼 세우고
바다가 저물어간다

파도에 휩쓸리고 폭풍에 떠다니며 몽돌처럼 둥글해진 음
표들이
잔잔한 물살로 돌아오는 저녁

피아니시모로 물들어가는 바다의 얼굴이
홀로, 흘러가는 것이다

금요일의 터미널

눈을 돌리면 빈자리마다 당신이 있는
금요일의 터미널에는
물새 같은 이름이 있다

위태롭게 흔들리고 있는 이름
고서처럼 쌓인 시간과 고요한 적막이 모여든다

긴 그림자를 끌고 걸어갔던 대합실
당신의 주름진 손을 잡고 놓지 못하는 아이의
흔들리는 등이 있다

꼿꼿하게 구겨진 여비가 슬픔에 도착하는 사이

당신이 앉아 있던 의자에
얼룩으로 무너지는 아이의 얼굴

오래된 어둠이 또 다른 계절을 건너오고

무채색 시간 속에 서 있는 당신의 골 깊은 주름을
갈라진 허공에 그려본다

푸른 상처가 담쟁이덩굴처럼 벽을 타고 오르는 동안
저만치 하얀 구름에 묶인 얼굴이 지나간다

타프롬사원을 걷던 당신의 발소리와 숨소리가 지나간다
손을 흔들며 기다리지 않는 기다림으로

2부

자라를 찾아서

세 여자가 어깨까지 올라온 가을 속을 달려간다
자라섬으로

오래 전 칠남매를 키우던 엄마는
가끔 물고기와 자라들을 방생시켜주곤 했었지
그 자라들이 커서 일가를 이루고
자라섬이 된 건 아닐까 잠깐 생각하며

자라섬에 가는 순간 우리는 모두 자라가 된다

세 여자가 목을 움츠리고
드넓은 꽃길을 느릿느릿 걸어간다

살면서 엄마는 몇 번이나 움츠렸을까
꽃물이 다 빠진 엄마가 느리게 걸어온다
백일홍 꽃잎 스웨터를 입고 환하게 손을 흔든다

꽃의 축제는 끝났다고 했다
꽃잎을 접고 있는 백일홍 구절초 군락
시들어가는 꽃들을 배경 삼아
멋진 포즈로 사진을 찍는 여자들도 시들어간다

지금은 여자들도 자라도
서쪽으로 더 많이 기울어가는 시간
강물에 비치는 노을도 서쪽으로 엎드려 있다

붉게 물든 세 여자가 바위에 앉아 등껍질을 말리고 있다
꽃들이 흔들린다

햇살에 등을 말리던 자라는 어디로 갔을까
자라섬에 자라는 보이지 않고 꽃들만 화양연화다

내 몸은 오래된 악기

한때는 아름다운 연주로 귀를 즐겁게도 했지만
지금은 힘없이 늘어져 낡아가는 악기
마모되어 파열음이 난다

때로는 현이 끊어져 며칠 수리를 받기도 했다
수십 년 쉼 없이 연주한 탓이리라

거침없이 흐르던 강물소리와도 어우러지던
여름 한철 물오른 잎처럼 푸르던 악기
이제는 둔탁한 소리만 난다

고장 난 척추와 삐걱거리는 어깨에서
길을 잃어가는 소리들
탄성彈性이 사라져가는 근육마다
수시로 바람 빠지는 소리에 덜컹, 걸음을 멈춘다

저 멀리 막다른 골목길에 서 있는 나무 한그루

잎을 떨군 빈가지가 나지막이 노래하는 저물녘
흔들바람이 중심을 잃고 기우뚱 지나간다

산허리에 걸린 노을 꼬리가 유난히 붉다

발자국이 발자국을 따라 묵언수행

계절의 질서가 오래도록 쌓인 길

마른 단풍잎을 떨궈내지 못한 가지마다

달과 별의 지문이 그물처럼 얽혀있는 후박나무는

눈을 감은 채 삼매에 듭니다

녹이 슬어 시들해진 내 발자국처럼

헐렁해진 계절이 탑 마당을 쓸고 가는 저녁

미륵전 담벼락을 밀며 지나가는 해 걸음 따라

잘려나간 고목 허리 그림자도 얼룩처럼 지나갑니다

끝내 목구멍을 넘어가지 못하는 내 슬픈 그늘처럼

구부러진 산길에 안개처럼 내려앉는 어둠

봄을 품은 비자나무 숲이

달빛을 따라가며 꽃눈을 부풀리는 동안

댓돌 위 고무신도 일렁이는 촛불 따라 밤새 뒤척입니다

노송 곁을 에돌아 된바람이 서걱대며 지나갈 때

끝없이 떠돌다 온 흔들 수 없는 고요가 걸어옵니다

옥수역을 지나 회기역에 도착하는 동안

이른 새벽
지하철 한쪽 벽에 기대 졸고 있는 남자
가끔 움찔거리며 한생을 펼쳐놓고 있다
구부러진 간밤의 노동을 다림질하듯
남자는 꿈속 어느 구간을 달려가고 있는 걸까
창밖에는 소리를 갖지 못한 눈송이들
파랑을 지운 하늘을 건너 아득한 절벽을 건너
관절염 걸린 중년의 무릎으로 쌓이는데
모퉁이를 돌며 가까워지고 싶은 곳은 어디일까
겨울을 따라 속살을 드러낸 플라타너스들
어제의 바람이 열손가락을 넘실거리며 웃고 있다
덜컹, 남자의 몸이 왼쪽으로 기운다
얼굴에 숨긴 피곤을 펴고 기지개를 켠다
시간의 곡선을 떠돌다 슬픈 잠을 건너간다
옥수역을 지나 회기역에 도착하는 동안
하늘에선 함박눈이 내리고 있다

고요도 마당을 한 바퀴 돈다

찢어진 문풍지 사이로 그림자가 끼여 있는 외딴 섬집

떨어진 문틈으로 하루가 드나들고

파란 슬레이트 지붕 위에 얼룩처럼 번져가는 이끼

먼지 쌓인 쪽마루 틈으로 들어온 햇살이

나른한 몸을 누이고 잠이 들면

오래전 일가를 이루고 떠난 이의 발자국 따라

푸른 키를 키우며 흔들리는 풀들

앞마당 목백일홍 올해도 홀로 붉은 꽃을 매달았다

흙이 패여 울퉁불퉁한 담벼락에

위태롭게 뿌리내린 강아지풀 도깨비바늘 풀들이

낡은 낙서를 밟고 서 있다

삐뚤빼뚤 써 내려간 낙서들도 나이를 먹었는지

지워지고 잘려나가 발음이 샌다

파도도 바람도 날개를 접는 날이면

고요라는 나이든 이가 찾아와

무심한 듯 마당을 한 바퀴 돌고

익숙한 몸짓으로 담벼락에 걸터앉는다

졸음 가득한 눈으로 희미해진 낙서를 읽다가
오래도록 바다를 바라보는 고요
짐짓 마당을 슬며시 돌아 나가는 고요 사이로
오래전 환영처럼 기침소리가 들린다
어느새 반쯤 기울어진 저녁이
그림자를 지우며 걸어오고 있다

그러려니가 있다

먼저 간 친구 안부가 궁금한 날
깊은 우물에 얼굴을 비춰보는 것을 그러려니라 부를까
부서질 듯 말라버린 기억을 꺼내 찬찬히 들여다보면
모서리가 떨어져 형체를 잃은 기억, 그러려니가 있다

지워진 글씨들이 문장을 밟고 있다
침침해진 눈동자가 생략을 반복해도 이제는 그러려니
모난 마음도 풍화되었는지 그러려니

아주 오래전 척박한 마음 밭에 심은 모종 하나, 그러려니
자갈과 잔돌을 골라내고 마련한 그러려니라는 땅은
오래도록 비바람과 거친 파도가 지나는 동안
모종의 생사를 확인하지 못했다

바람도 잦아들고 파도도 잔잔한 볕 좋은 가을날
스스로 가지를 뻗어 몸을 불리며
열매까지 매달고 있는 그러려니를 보았다

밀려가고 밀려오는 시간들이 음표처럼 떠다니고
한 박자 늦거나 빠르거나 그대로 고요한 몸
어느새 귀가 순해져 있었다

갈라지고 떨어져 나간 껍질 사이로
제 몸처럼 들어앉은 햇살 그림자
짧은 한낮이 천천히 서쪽으로 기울어간다

열두 장의 시간을 걸며

일 년을 떼어 냈다
묵은 시간들이 우르르 쏟아졌다

생을 다 한 한해가 뿔뿔이 흩어지고
아물지 못한 상처는 바닥을 맴돈다

그래도 이만하면 다행이다

떼어낸 자리에 다시 새해를 건다
개봉되지 않은 열두 장의 시간들이
입을 꾹 다문 채 제 자리를 지키고 있다

살다 보면 때때로
이 길인지 저 길인지
안개에 싸인 듯 보이지 않는 사각지대가
저기 어디쯤 숨어 나를 공격할지 모른다

가끔은 사각형 안에 갇힌 까망과 빨강이
금 밖으로 긴 손을 뻗을 때
나는 어디로 가야 할까

눈 덮인 동백이 붉은 꽃송이를 부풀리는
달력 속 일월을 오래도록 바라본다

불두화 보살

등에 혹을 업어 키우는 여자
법왕루法王樓 기둥 옆에 앉아 큰스님 법문을 듣고 있다

말씀이 깊을수록 점점 바닥으로 내려앉는 혹
볼록하게 솟은 등에 불두화 한 송이 피어난다

가장 낮게 엎드린 꽃봉오리가
등을 열어 꽃잎을 내미는 동안
천천히 법당 바닥을 번져가는 꽃의 기도

입속을 맴도는 화두는 닿을 수 없는 저쪽 어디
어두운 전생은 늘 먹구름 속에서 자라난다

사람과 사람들 속에 섬처럼 떠 있는 여자

등 밖으로 솟아난 고뇌를 법문에 새기는 동안
가장 먼 곳부터 얼어붙은 계절이 꽃으로 피어난다

꽃이 피고 버려지고 꽃이 피고 버려지고
점점 가벼워졌을 저 흰 혹

바람이 들고 날 때마다 엷은 풍경소리 지나가고
여자 등에서 오래된 구름 냄새가 난다

그녀의 사월

어젯밤
그녀가 졌다는 부음을 들었다
돌 틈 민들레도 무릎을 펴고 일어서고
라일락에도 피가 도는지 송이송이 꽃술을 내미는데

그녀와 함께 걷던 길을 홀로 걸었다
누군가 떨어뜨리고 간 발자국이
화단 옆에 웅크린 채 주인을 기다리고 있었다

그녀의 시간은 흐르지 않는데
텅 빈 눈웃음이 자꾸만 나를 따라다닌다
부질없는 옷자락을 붙잡고 있는 내 손이 무겁다

서성이는 나를 벤치에 앉히고
떨어진 그녀 눈웃음을 한참동안 내려다보았다
바람은 조등처럼 흔들리고
쇼윈도에 비친 내 등은 빈 들판처럼 허전하다

무성하게 자라난 기억들을 입속에 감추고

빈 우체통처럼 서서 떨어지는 꽃잎을 오래도록 바라보았다

사월은 물줄기를 올리며 여물어 가는데

언니의 바다

뭍으로 튀어 오른 고래가
그대로 화석이 되어 서 있는 제주공원
바다를 내려다보고 있는 고래 눈에 핏줄이 번진다
사람들은 잘 모르지만 고래는 밤이 되면
꼬리지느러미를 흔들며 바다로 갈 것이다
부드럽고 매끈한 피부를 쓰다듬고 만져봤지만
헤엄치던 모습 그대로 굳어버린 몸에서
고장 난 주파수가 지직거린다
아름다운 허밍으로 노래하던 물살의 기억들이
조각난 물거품을 밟고 위태롭게 떠다닌다
오래전 고래 화석을 사이에 두고
언니와 내가 웃으며 사진을 찍은 적이 있다
지나는 사람들이 고래 등을 톡톡 두드릴 때마다
등에서 붉고 텅 빈 쇳소리가 났다
파도와 폭풍에 찢긴 언니의 지느러미가 순하게 흔들렸다
몇 해 전 고래화석처럼 굳어버린 언니 몸에서
고단하게 내뿜던 묵은 숨소리를 들었다

천천히 밀려가고 밀려오는 파도처럼

가장 낮은 숨소리로 사람들 사이를 밤새 오가며

마지막 신호를 보내고 있었다

미술관 입구

오래 전 그곳에서 우두커니 서 있는 그를 본 적 있다
오늘도 그는 여전히 그곳에 서 있고
사람들은 무심하게 그 곁을 스쳐간다

한때 그의 배 속은 넘치도록 풍족했었다
지금은 후미진 골짜기만 쓸쓸히 들어 있을 뿐

낮에는 태양이 들어와 몸을 식히다 가고
어쩌다 후박나무 그림자가 태어나기도 했지만
늘 혼자다

어느 날 그의 품속으로 직박구리 부부가 들어왔다
한동안 그의 배 속에서는 아침이 태어나고 저녁이 태어
나고
솔솔바람이 들어와 떨어지는 수양벚꽃 잎을 불러 모으
기도 했다

가장 깊고 조용한 곳에서 태어나던 새들의 언어
미술관 입구에서 홀로 늙어가던 오지항아리가
은밀하게 생명을 품고 있다

직박구리가 일가를 이루고 떠난 뒤
가끔 바람과 햇살이 빈속을 들고날 뿐
그는 또 혼자다

끝방

내게는 숨겨둔 방이 있다

그곳은 내 꼬리를 감추기 좋은 곳

얼마 전 새로 생긴 멍 자국은

문 뒤에서 시퍼렇게 가슴앓이 중이다

들춰낼 때마다 끝없이 딸려 나오는 부패된 말들

어둡고 습한 곳에서는 부화한 애벌레가

아물어가는 상처를 파먹고 있다

수십 년 쌓이고 쌓인 것들

언젠가 내 안에 갇혀 울다 던져둔 손수건은

아직도 마르지 않은 얼룩으로 번지고

아물지 못한 기억은 굳은살이 박여간다

곰팡이가 핀 벽걸이에는

내가 함부로 쓰다 버린 시간들도 마른 줄기처럼 걸려있다

끈적거리는 거미줄은 움직일 때마다 내 머리카락에 휘

감긴다

이제 나는 그 방에서 나를 꺼내기로 했다

흙먼지를 털어내고 두껍게 쌓인 미움과 오해를 걷어냈다

늑골 깊이 감춰둔 내 마지막 끝방을 활짝 열고
바람과 햇살을 들였다
파란 하늘이 쏟아져 들어와 차갑고 맑은 물소리를 냈다
오늘은 하루 종일 해와 달과 별의 숨소리를 들으며
당신이라는 의자에 앉아 물고기자리를 따라다녔다
두 마리 물고기가 꼬리를 흔들며 어둠 속으로 사라져간다
창가에 붓꽃 화병을 놓고 흔들리는 커튼을 밀어냈다
그 끝방에 앉아 나는 나를 펼쳐놓고
단단히 여물어가는 중이다

날파리 증후군

방심하는 순간
순식간에 나타났다 사라지는 정체불명의 비행물체

그들은 수시로 편을 짜서
눈앞을 알짱거린다

시야를 가리는 검은 비행물체를 잡으려고
나는 늘 헛손질이다

제트기보다 빠르게 나타났다 사라지는 작은 생명체들

비행운도 없고
증거도 남기지 않는 치밀함에 늘 속수무책이다

비행 반경은 항상 눈앞인데
그들의 목적지는 알 수가 없다

잡으려고 해도 잡히지 않는 저들은
어쩌면 내 몸에서 떨어져 나간
삶의 부스러기들일지도 모른다

불면과 고뇌의 날들이 쌓여 만들어진 무리들

눈을 감고 몸에서 빠져나간 저 파편들을 생각한다
언젠가는 저들이 살던 곳으로 무사히 착륙하기를 바라며

뒷방 노인

아파트 후문 한쪽에 섬 하나가 있다

통화는 그에게 밥이었다
한때는 때 묻은 동전을 배부르게 삼키기도 했지만
얼마나 굶은 걸까
지금은 뱃구레가 홀쭉하다

광고지와 담배꽁초들이 어지럽고
어쩌다 목이 꺾이는 날이면 심한 가래 끓는 소리를 낸다

얼마 전 그곳을 지나다가
깔끔하게 새 옷을 갈아입고 서 있는 전화 부스를 보았다
가슴에 커다란 글씨를 당당히 붙이고서

금연 소변금지

누가 이곳에 무단방뇨를 했을까

나 어릴 땐 입이 벌어진 가위 그림도 함께 그려 놓았는데

그 후 쓰레기 대신 바람과 햇살이 더 많이 들고나며
말벗이 되어준다

어쩌다 밤늦게 귀가하는 날에는
오래전 늙은 아버지처럼 환하게 불을 밝히며
길을 비춰주고 있다

목소리

내 친구 숙희 휴대폰 속에는
돌아가신 엄마 목소리가 들어 있다

가끔 손가락 하나 움직일 수 없을 만큼
지치고 힘이 들 때
그녀는 습관처럼 엄마 목소리를 듣는다고 했다

오래 전 식당을 하다가
원금마저 까먹고 엄마와 통화하며 녹음해 두었다는 목소리

"밥은 잘 먹고 다니는 거니?
아프지 마라
너만 괜찮으면 엄마는 섶을 지고 불로 들어가도 괜찮단다."

너무 많이 들어 다 외울 것 같다면서도
그녀는 오늘도 그 목소리를 듣는다

나도 그런 목소리 하나 있었으면 좋겠다
고향집 텃밭 무더기로 핀 감자꽃 같고 목화솜 같은

평소에 하던 엄마 목소리는 내 휴대폰 속으로 들어오지
못했다

3부

가을, 능내역에서

낡은 창틈으로 들어온 오후 햇살이
나무 의자에 걸터앉아 졸고 있는 시간

승차권을 팔지 않는다는 안내문만이
얼룩진 시멘트벽에 덩그러니 붙어 있다
기차 시간을 기다리며 몸을 녹이던 연탄난로와
흐릿한 시간표가 눅눅해진 기억을 햇살에 말리고 있다

마지막 열차가 떠나고 난 뒤
해고당한 노동자처럼 방황했을 철길에
쑥부쟁이 강아지풀 코스모스가
옹기종기 모여 가을빛을 쬐고 있다

흰 양말과 흰 칼라 검정플레이어스커트를 입은 내 친구들이
재잘대며 역사 안으로 들어올 것도 같고
등짐을 멘 젊은 아버지가
맥고모자를 쓰고 서 있을 것만 같은 곳

늙은 남자의 초연한 얼굴처럼

빛바랜 간판을 훈장처럼 달고 서 있는 간이역에서

주름까지 닮아가는 친구와 철길을 걸어간다

부드럽게 이어진 곡선 따라

우리의 가을도 깊어간다

산사에서

작은 이끼 꽃들이 휘어지는 산길을
느리게 걸어갑니다

이 길 위를 수없이 오고 갔을 어머니 발자국을 생각하며
좁은 산길을 돌아 산사 가는 길
저 멀리서 맑은 풍경소리가 들려옵니다

대웅전 법당에는 바람과 새소리만 드나들 뿐
종일 기다려봐야 노보살 한 둘

이번이 마지막일지 모른다며
나무껍질 같은 손으로 촛불을 켜는 노보살 굽은 등에
시간이 켜켜이 내려앉아있습니다

몸에 많은 이름을 새기고
절 마당 한쪽을 지키는 쇠종을 가만히 들여다봅니다

우리 남매 이름들도 있습니다
그러나 어디에도 없는 어머니 이름

하루 두 번 담을 넘는 종소리가
오늘도 나를 키우고 있습니다

저물녘 바다 찻집에서

케모마일 향기 그윽한 찻집에서
수평선 너머로 사라지는 해넘이를 봅니다
젊은 연인을 향해 흰 포말로 달려오는 파도
연인들 웃음소리가 파도와 섞여 청량한 소리를 냅니다

오래 전 그때처럼
낙조가 찻집 마당을 건너 모과나무 가지를 지나
내 얼굴을 잠깐 스치고 멀어져 갑니다

그대와 내가 걷던 백사장에
젊은 연인들이 또 다른 발자국을 찍고 있는 시간
이제 흰머리가 된 우리는
출렁이는 금빛 바다를 오래도록 바라봅니다

저 멀리 고즈넉한 고깃배 한 척
이제 막 집어등을 켜기 시작합니다

지나온 시간들이 압축되어 찻잔 속을 떠다니고
서로의 눈동자에 젊었던 우리 얼굴이
동백꽃처럼 붉게 반짝입니다

풍장風葬

텃밭 농사를 짓는 지인이 보내온 마늘 한 접
베란다 창문 한쪽에 매달아 놓고
까맣게 잊었다

여름이 지나고 가을이 지나
겨울이 돼서야 내 눈에 들어온 마늘꾸러미

아차!
너무 무심했던 나를 탓하며
서둘러 신문을 펴고 올려놓았다

바스락 부서지는 몸
속이 텅 비었다

만약 부지런한 손에 보내졌더라면
이렇게 시들진 않았을 텐데

오래전 중환자실에서

링거로 연명하다 돌아가신 엄마의 쭈글한 뱃가죽 같아

미안하고 또 미안해졌다

닮아간다는 것

첫 월급이라며 아들이 내게 준 용돈봉투
검은 사막 오로라처럼 신기하고 대견하다

세상 속으로 자식을 밀어내는 일은
깎아지른 절벽 위에서
운해 가득한 아래를 내려다보는 것

온종일 세상을 끌고 다녔을 구두가
몸을 누이는 늦은 밤이면
달빛 따라 조용히 뒤척이던 내 신발

문득, 아침잠을 쫓으며
출근을 서두르던 내 뒷모습을
오래도록 바라보던 엄마의 굽은 등이 지나간다

상표도 뜯지 않은 빨간 내복들과
서랍장에 쌓여 있던 흰 봉투들을 보며

황망해 했던 그해 봄

그때의 엄마 나이가 되고서야
암호처럼 박혀 있던 마음을 읽는다

알면서도 만지작거리다 다시 서랍장에 넣어 놓는
아들이 준 첫 용돈

오후 두시

바닥에 떨어져 뒹구는 살구열매처럼
벤치마다 말랑해진 시간을 풀어 놓은
오후 두시

한 무리 바람이 바닥을 쓸며 지나간다
아버지의 두 다리가 덩달아 휘청인다

한쪽 귀가 떨어져 나간 공원 돌계단에
파스텔 물감을 풀어 놓으며
낙엽이 지고 있다

오후 두시의 공원에는 가장 가벼운 무게로
부는 바람이 있고

침묵으로 흐르는 아버지의 독백이 있다

공원 너머 화살나무 사이로 사라져가는 노을처럼
아버지도 지고 있다

빈집, 물 위를 건너갈 때

밤과 낮 어디쯤이었는지 나는 모른다

쥐고 있던 어머니 줄이 툭 끊어질 때

밤의 링거 줄에서 끝없이 비가 내린다

크레바스처럼 아득한 저 기억의 마디

초점 없는 눈은 희미한 얼굴을 따라

속울음을 공중에 흩어놓을 때

저 너머 귀를 대고 손발이 멈춘다

침대 위에서 집이 몇 번 열리고 닫히는 동안

노을을 품었던 집은 빈집이 된다

돌단풍 나무를 쥐었던 손바닥으로 핏물이 고인다

좁고 긴 외줄에 왼쪽 발을 올리고

깎아지른 절벽을 오르는 잔도공처럼

어머니의 별이 어둠을 밀고 있다

별무리가 조등처럼 깜빡이는 적요

나는 젖은 시간을 오래도록 먹고 또 먹었다

귀뚜라미 울음소리가 달의 그림자 속으로 멀어져 갈 때

멀미처럼 창백한 새벽이 오고 있다

끝까지 움켜쥔 별도 집으로 돌아가는 골목어귀에서

가면은 힘이 세다

그곳을 들어갈 때는 가면을 하나씩 써요

앙상한 몸을 모로 누인 노파 곁에
오늘 처음 온 여자도 보호자 출입증을 목에 걸고
표정 없는 가면으로 노파를 내려다봐요

가면 속 가짜는 젊고 팽팽한 얼굴을 가졌어요
이제부터 가짜 입에서 나오는 말은 모두 법이에요

서른한 살에 홀로 된 노파의 얼굴에 저승꽃이 만개합니다

노파의 입에서 약물에 절여진 말들이 실뱀처럼 기어 나오면
여자의 부름을 받은 간호사가
또 다른 약물을 얇아진 근육에 마구 부어요

가늘게 새어 나오는 통증들이 좁은 병실을 가루처럼 떠다녀요

가짜에게 모든 권한을 넘겨준 진짜들은 모두 바쁘대요

가끔 진짜들이 건네주는 흰 봉투만
가짜 손에서 흰독말풀꽃처럼 서늘하게 웃으며
시들어가는 노파를 바라보고 있어요

커튼 사이로 빗금을 긋고 있는 햇살 한줌도
약물에 온몸이 감겨 휘청거려요

환승 바이러스

견고했던 울타리가 맥없이 무너졌다

유통기한이 끝났다며 환승을 통보받던 날
남아있는 내일을 닫고 그대는 문밖으로 밀려났다

가파른 절벽을 질주하며 사냥하는
눈표범의 날카로운 발톱처럼
여백 없이 단단했던 지난 생

이제는 다 해져버린 발자국들만 무늬로 남아
쓸쓸해진 저녁을 흔들어 놓는다

순간처럼 잘려나간 청춘의 한낮들이
허공을 창백하게 떠다니고
어제보다 일찍 찾아온 계절이 곡선으로 번져간다

메일함에 폐지처럼 쌓인 청춘들
그 이름들이 먼지에 덮여 있다

빛을 잃은 어제가 슬며시 문밖으로 사라진다

흉터

아이의 허벅지에는 넝쿨식물이 자라고 있다

줄기마다 가지를 뻗어 세를 넓히고
군데군데 단단한 옹이도 박혀 있다

잠깐의 찰나가 식탁을 점령하고 허벅지를 탐하는 동안
거미줄에 몸이 감긴 나방처럼
가르랑거리며 시들어가던 눈동자

잎과 줄기가 빠져나오지 못하게
햇빛과 바람도 눈치채지 못하게
한쪽으로만 치우친 세계

벽을 타고 자라는 흉터는 어둠이다

헝클어진 넝쿨을 곱게 빗어 가지런히 널어본다
점점 흐릿해져가는 벽의 그림자가
금이 간 습자지처럼 구겨진 채 긴 터널을 지나고 있다

난독증을 앓는 계절

왕릉에는 왕이 없고 나는 다시 태어나지 않은
계절 앞에 서 있다

노래의 압축을 풀어내는 둥근 봉우리
늙은 굴참나무도 계절을 털어내고
병꽃나무도 검버섯 얼룩으로 주름이 깊은

조금만 건드려도 담쟁이처럼 뻗어나갈 것 같은 슬픔의 씨앗
검은 구름의 발들이 빼곡한 숲을 점령한다

무덤 주인의 백년의 쓸쓸과 고뇌가
화살나무 껍질주름을 깊게 파고든다

모래알처럼 휩쓸리는 얕은 감정을 감추며
겨울 파미르고원 양들의 슬픈 눈망울을 떠올리는 시간

우환의 계절이 화살처럼 심장을 건너가고

읽어내기 힘든 바람의 기호들만 구름처럼 흘러갔다

빛조차 빠져나갈 수 없던 생의 블랙홀에서
깊은 한숨을 몰아쉬다가 내뱉던 누군가의 하루

꽃살무늬 창살을 열며 보았지

엎드렸다 일어날 때마다 바들바들 떨리는 두 다리
삐걱거리는 몸을 일으켜 세우는 무한한 번뇌가
나를 지나간다

소멸을 향해 한 걸음 씩 길을 내는 염원은
죽음의 마당을 벗어나지 못하는 꽃이 번지듯
금요일의 기둥을 돌아 꽃살무늬 창살에
벽화처럼 매달려 있다

마치, 오래전 노모가 그러했듯
두 손 모으고 몸을 낮추는 나
세속 인연들을 걱정하던 노모의 마른 기도 소리가
긴 시간을 건너 내 귓속을 파고든다

폭풍이 지나간 자리를 정리하듯 먼지를 쓸어낸다
바람을 이기지 못한 마음과
굳은살처럼 박여 있는 지난 기억들이

탑 그림자 사이로 스며들고

가볍게 비워낸 목어 소리와
붉게 무릅쓰던 감정들이
배롱나무 가지를 휘돌아 허공으로 흩어진다

닳아 없어진 손가락 지문을 모으는 간절함이
꽃살무늬 창살에 남아 내 등을 쓸어주고 가는 저녁

어스름을 밟고 서 있는 산문 밖은 번뇌를 끊어내듯
바닥으로 몸을 낮추고 가만히 엎드린다

눈 뜨고 자는 물고기

벼랑에 홀로 던져진 적 있다

깨진 안경알 속 세상을 걸어가듯
울퉁불퉁 흔들렸던 어항 속에서 불을 켠다

눈 뜨고 자는 물고기처럼 한동안 세상의 경계를 넘나들던
물속의 기억은 물결처럼 검다

서쪽으로 기울어가는 하현달이
창문을 넘어 긴 그림자를 만들고 있는 시월의 밤이
회오리처럼 어항의 그림자를 휘감고 있다

어둠 속으로 끌려가는 나는 암전

캄캄한 어항 속에서 허공을 더듬는 물고기 한 마리
눈을 감지 못하는 비극을 안고 어둠을 내려다본다

어둠을 찢고 경계를 허물어 골 깊은 물살을 쫓아가지만
방향을 알 수 없는 지느러미 몸짓은 늘 제자리다

충혈된 물고기 눈에서 가시처럼 날선 뿌리가 자라고 있다

미라처럼 굳어진 몸의 관절을 세우고
낯선 허공의 심해를 지나
초록의 시간을 향해 빠르게 솟구쳐 오르는 물고기

요동치는 지느러미 등에 파도를 타던 슬픈 곡선이 지나
간다

달빛을 이고 잠든 늙은 왕벚나무 사이로 부은 발을 절
뚝이며
가을이 가고 있다

기억의 갈피마다 봄은 얼마나 짧고 깊었을까

침묵의 곡선을 따라 그물처럼 얽힌 흉터를 잘라내는 바람벽
마른 장미와 햇빛을 꽃이라 부른다

졸업식 사진에서 싱싱하게 웃고 있는 송이마다
불쑥 그리워 자주 울어야 했던 검은 물고기가 태어나는데
화석처럼 마른 꽃들의 무늬 속으로 눈이 내린다

한번 만질 때마다 바스락 부서지는 몸의 파문이
먼지와 섞여 낯선 시간 속에 갇힌다

거꾸로 매달린 앙상한 마른 장미 한 다발
오후의 빛을 차단한 채 바닥의 평화를 저울질하는 장미는
침묵이 밀고 간 거리만큼 완성되는 법

스물한 살 붉은 웃음이 툭 떨어질 때
예측할 수 없는 평화가 나비처럼 날아가고
형체를 알 수 없는 검은 가시가 창문을 향해 몸을 던진다

까치발로 지나간 어제의 계절이 긴 꼬리를 자른다
바람과 햇빛으로 흐릿한 기억을 가지런히 널어 말리며
또 다른 지도를 펼치고 있다

세상에서 없는 사랑을 꿈꾼다

기역자 부처

새벽을 등에 업고 낡은 기역자가 걸어옵니다
헐렁한 회색 몸빼바지를 허리 위까지 올리고
바닥에 얼굴도장을 찍으며 진여문을 지나 대웅전을 향해
한발 한발 걸음을 옮깁니다

작은 배낭에 담긴 공양물을 구부러진 등에 고이 올리고
오색연등 그림자를 몸에 두른 채
염화미소 부처님을 만나러 갑니다

홍자색 부처꽃 한가롭게 흔들리고
불두화 가지마다 커다란 꽃송이 내미는 길을
구부러진 지팡이를 쥔 기역자가
번뇌를 흘리며 걸어갑니다

기역자 등에 염원을 가득 지고
달팽이 걸음으로 아침을 건너온 얼굴주름 갈피마다
고행의 흔적이 흐릅니다

절 마당에 들어와서도

구부러진 노보살 허리는 펴지지 않습니다

중생들 귀를 맑게 씻어주듯

처마 끝 풍경소리가 가볍게 흩어집니다

4부

융프라우 산악열차

스위스 인터라켄 클라이네샤이텍에서
산악열차를 탔다

빨강 우체통을 닮은 열차가
얼음 동굴을 지나고
암벽을 뚫어 놓은 캄캄한 터널을 지나
알프스 고봉들이 즐비한 능선을
넘고 또 넘었다

험한 산길을 오를 때마다
기적을 울리며 숨 고르기 하던 열차

나도 열차 바퀴 따라
함께 숨을 고르며 끌려가고 있었다

알프스 만년설 위로 빠르게 흩어지며 사라져가던
지난 시간들

아등바등도
밤새 잠 못 들던 미움도
사소한 오해와 갈등도
너른 품으로 안아주던 만년설

정상을 뒤로 하고 내려가는 길
창밖에는 에델바이스 가득 핀 마을이 동화책처럼 지나
갔다
마치 내 유년의 너른 들처럼

벚꽃엔딩

순간 두 발이 얼음처럼 굳어졌다

아파트 후문 이차선 도로에서
로드킬 당한 비둘기 털을 뽑고 있는 까치 한 마리

달려오는 차들을 피해
허겁지겁 부리로 쪼아대는 저 식탐

길가 왕벚나무가 하얀 꽃잎을 떨어뜨리며
붉은 얼룩을 자꾸만 덮어주고 있다

견우직녀 오작교가 되어주고
기쁜 소식 전해준다던 길조
언제부터인지 도심 깊숙한 곳까지 밀려오며
각박한 세상을 닮아가고 있다

배달 가던 이십대 젊은 가장이

뺑소니차에 치여 숨졌다는 뉴스가 흘러나오는

저녁 아홉시

흰색 스프레이 자국 위로

벚꽃들이 눈처럼 내리고 있다

때꾼해진 봄날이 주춤주춤 등 돌리며 가는 사월이다

감나무 변천사

시골집 뒤란에는 나보다 나이 많은 감나무가 있다

그 곁에 밤나무 배나무 개복숭아가

해마다 꽃을 피우고 달콤한 열매를 맺었지만

내가 성인이 되어 객지로 나갈 때까지

감나무는 키도 크지 않고 열매도 맺지 않은 채

제 그림자만 키우고 있었다

계절이 바뀔 때마다

잎만 무성히 자라 눈총을 받던 감나무

하나둘 객지로 나간 자식들과

할머니 아버지마저 돌아가시고

큰집에 홀로 남은 엄마는 안채를 허물고

사랑채를 고쳐 노후를 보내셨다

그때부터 햇살이 감나무 쪽으로 기울었고

감나무도 고욤만한 열매들을 매달았다

해마다 몸집을 불린 나무에서 감이 주렁주렁 열리고

어떤 해에는 고개가 휘도록 감을 이고 서 있기도 했다

수십 년 그늘만 먹고 자란 감나무가

숨겨둔 감을 해마다 토해냈다

풍등처럼 환하게 달린 감을 보며

나도 누군가의 햇살을 가리고 있지 않을까

문득, 생각해본다

선

초등학교 동창 모임에서
나를 무던히도 괴롭히던 남자 동창을 만났다
심술과 장난기 가득한 얼굴은 간데없고
의젓한 중년 모습이 낯설다

초등학교 3학년 짝꿍 때
책상 위에 자기 쪽으로 넓게 선을 그어놓고
넘어오면 가만두지 않겠다며 으름장을 놓던 친구
견고했던 그 선은 지금도 선명하다

결혼식도 올리기 전 스무 살 어린 나이에
첫 딸을 낳은 이웃언니
만날 때마다 신세한탄이다
그날 선만 넘지 않았어도 이렇게 살지는 않았을 거라고

선을 넘는다는 건 갈등과 유혹의 줄다리기

얼마 전 나는
들어가지 말라고 줄을 쳐놓은 장미꽃밭에
몰래 들어가 사진을 찍다가
넝쿨에 걸려 넘어져 아끼던 원피스 자락이 찢어졌다

입주 동기

마을버스 정류장에서 같은 아파트에 사는
2502호 할머니를 만났다
입주 때만 해도 육십 중후반으로 건강했었는데
지금은 허리가 구부러져 키가 반으로 줄었다
왜소해진 다리로 버스를 오르는 모습이
위태롭게 휘청거린다
버스 문을 열고 마냥 기다려주는 늙은 기사와
뒤에서 얼굴을 찡그리며
순서를 기다리는 젊은 사람들
지나간 시간과 다가올 시간이 버스 문에 매달려
할머니 등을 밀고 있다
입주 첫해 반상회에서
명문 K대 영문과를 나왔다며 으스대던 할머니
이십년이 지난 지금
할머니는 저승꽃 가득 핀 마른 풀꽃으로 서걱거리고
늙은 아파트는 하루가 멀다 않고 수리 중이다
젊었던 나도 오래 사용한 세탁기처럼
여기저기 고장 나 병원 문턱을 수시로 드나들고 있다

매미

벽과 벽 사이 좁은 화단에

버둥거리는 매미 한 마리

얼마나 오랫동안 뒤집혀 있었는지

날갯짓도 울음소리도 희미하다

캄캄한 땅속에서 지상을 꿈꾸던 매미의 지난 이력

주어진 보름 동안의 짧은 시간

저 매미는 짝을 찾고 사랑을 이뤘을까

내 발걸음이 멈추자

온 힘을 다해 날아보려 애쓰지만 허공만 휘저을 뿐

매미의 한생이 허무하게 끝나가는 시간

나도 한때 저렇게 간절한 적 있었다

날 위해 버둥거렸던 시간

얼마나 두 팔을 허우적거렸는지

지금도 생각하면 두 어깨가 뻐근하다

조기 퇴직자

그는 얼굴보다 큰 페도라 모자를 쓰고 다녀요

주머니 속 일몰이 시들어가는 줄도 모르고
커다란 눈을 감았다 떴다 어떤 날은 텅 빈 심장을
맨발로 걸어 다녀요

쓸모를 다한 줄 모르는 저 쓸모의 걸음걸음이
까맣게 닳아 없어질 때까지 오늘의 계절은 지하식물

비 오는 날 습관처럼 내뱉는 중음과 고음이
자꾸만 왼쪽 어깨를 잡아당겨요
수평이 꺾여 오른쪽으로 주저앉은 뒷모습이
달의 안쪽처럼 구겨져 있지만 신경 쓰지 않아요

북극 작은 마을에서
빙하가 녹고 있다는 뉴스가 매일 화면을 잠식해요
자꾸 녹으면 마을이 잠길지도 몰라요

물론 막연하게 얼음으로 바뀔 거란 믿음도 있어요

어두운 터널을 지날 땐 속도를 줄이고 전방을 잘 살펴
야 한다죠
잠시 힘을 빼고 뒷다리를 움츠려 봐요
세상 속으로 당당히 오를 수 있는 환승역에 도착할 겁
니다

척추를 곧게 세우고 크게 더 크게 앞으로 점프!

밤의 무게

벗겨낸 어둠이 바닥에 수북하다

어둠 속에서 써 내려가는 정체불명의 문장
고치고 지우는 고된 작업은 아직 진행 중이다

밤새 커서처럼 깜빡이며 머릿속을 점령한
불면과 나는 대치 중
높게 방어의 축대를 쌓아보아도 늘 고전이다

방심하는 사이 슬그머니 들어와 나를 조종하는 불면

신형무기 알약들을 배치하며 전투태세를 갖춰보지만
강력한 무기를 앞세우고 위협하는 그에게
손쓸 틈 없이 백기투항이다

온 밤을 송두리째 점령한 그에게 항복하며
협상테이블에 앉았지만

그와 나의 거리는 이미 북극과 남극

아무리 손을 뻗어도 닿지 않는 깊고 넓은 새벽이 있다

가끔 나의 아침은 한밤중이다

낮병동

까마득한 절벽 위를 바라보며
누구는 두꺼운 얼음벽이 녹고 있다고 말하고
누구는 남쪽을 말해주기도 했지만
나는 자꾸만 북쪽을 바라보며 휘어진 날개를 펴고 있었어

낮의 어디쯤일까
밤의 어디쯤일까

냉기가 바닥으로 스며들어 살얼음처럼 번져갈 때
나는 검은 새들이 날아가는 꿈을 꾸고 있었지

링거 줄, 얼룩들, 그리고 거미줄처럼 걸려 있는 당신

나의 북쪽은 사막의 뒷면처럼 일그러져 있었어

어떤 날은 북쪽으로 달이 지고 북쪽으로 해가 지기도 했지

좁은 입구를 지나면 점점 넓어지는 검은 바다
그리고 검은 새가 모여 있는 길고 긴 풀등섬

그곳에서 사라지고 나타나는 풀등의 파란 눈동자를 보
았지

나는 불안한 말들을 꼭꼭 접어 푸른 심해에 숨기고
울창한 숲의 새 울음소리를 들었어

구름 사이로 보이는 파랑이 구름을 밀고 있었지
이제 막 피기 시작한 라일락 그림자를 건너다니며

달이 품은 종려의 이마는 높이를 가진 통증 같다

스스로 잎을 찢어 허공으로 길을 내는 것은
종려나무가 사는 법
갈라지거나 휘어지거나의 숙명을 거부한 채
지하 동굴 암흑에서 진화를 거듭하는 생명체 같은 종려

뾰족한 날을 세워 너의 심장에 상처를 낸 적 있는 나는
가장 어두운 부분을 만지면서 나무의 고통을 바라본다

울퉁불퉁 튀어나온 껍질 주름을 슬며시 열고 보여주는
나무의
침묵 곁으로 수많은 발자국과 말소리가 지나간다
진물이 흐른다

절벽을 뛰어내린 천지연 물줄기 그림자를 따라가며
뿌리를 늘리는 일은 한밤중에 스스로 살을 베어 검은
피를
뽑아내야 하는 일과 평행을 이룬다

종일 뾰족한 잎을 벌려 빛을 모으던 종려의 절박한 향일성

　한밤중이 돼서야 관절을 비틀어 발목이 부은 뿌리를 뻗는다

　달빛 숨소리 따라가며 숲이 잠든다

　홀로 깨어 새잎을 찢어 길은 내는 서늘한 몸짓이 고요한 자정

　그때 달이 품은 종려의 이마는 높고 아름다운 통증 같다

　댓잎을 밟으며 밀려오는 새벽안개가 돋아난 상처를 하얗게 덮고 있다

　하늘로 달려 나가 하늘이 된다

포대화상

봉은사 입구 조그만 연못
뚱한 몸짓 볼록한 배와 천진한 미소
당나라 때 계차契此스님이 살고 있어요

늘 커다란 자루를 둘러메고 다니며
주는 대로 음식을 담아 가난한 사람이나 걸인들에게
나누어 주었다는 스님

볼록한 배 주변에는 각국 동전들이 수북하게 쌓여있어요

많은 이들이 던지고 간 소원은 정말 이루어졌을까요
그때 메고 다니던 포대는 어디에 있을까요

사람들이 던진 소원들이 물속으로 텀벙텀벙 빠지고 있어요

오늘도 한 무리가
동전을 들고 상기된 표정으로 차례를 기다려요

그들을 바라보며 호탕하게 웃고 있는 포대화상

푸근하고 넉넉한 모습으로 사람들 소원을 듣고 있어요

주름치마 속

백화점 세일 때 가판대에서 따라온 너
너는 겹쳐진 주름 뒤에 숨어 있었지
모습을 드러내면 가차 없이 돌려보냈을 테니
내 눈을 피해 조용히 따라 온 거야

흠집이 생긴 걸 모르고 외출할 때마다 너와 동행했어
주름 갈피 속에 숨어 내 눈을 피한 흠집
얼마나 불안했을까

주름 속에서 발견한 너를 보며
나 어릴 때를 생각해 봤어
오일장이 서는 날 엄마 뒤를 몰래 따라가다 들켜
집으로 되돌아오던 기억
그땐 얼마나 억울하고 속상하던지

살면서 내 몸 곳곳에도 수많은 흠집들이 생겼어
어떤 날은 누가 알까 괜히 주변 눈치를 살폈지

생각해보니 흠집 없는 사람은 아무도 없을 거야

단지 감추고 있을 뿐이지

나는 주름치마 속에 생긴 흠집을 끝내 모른 체 했어

곱사등이 그 사내

재래시장 골목 입구
오래된 낙서가 한 몸처럼 다정한 건물에
몸에 맞지 않는 커다란 간판을 머리에 이고
가분수처럼 엎드린 일층 구멍가게

볼록하게 솟은 혹을 등에 지고
계산대 옆 철제의자에 앉아
오래도록 문밖을 바라보는 남자의 얼굴에
그늘이 짙다

커다란 혹을 지지대 삼아
몸보다 큰 짐을 싣고 사막을 걸어가는 늙은 낙타처럼
울퉁불퉁 산 그림자를 짊어진 남자

시장 옆 포장마차에서
우연히 곱사등이 남자를 보았다
연기를 피해가며 꼼장어를 굽고 있는 그 앞에

장미꽃무늬 원피스를 입은 늙은 여자가 웃고 있다

무거운 짐을 지고도 환하게 웃고 있는 그 남자
몸을 움직일 때마다 볼록한 혹이 춤을 춘다

파종하듯 뿌려지는 햇살이 따사로운 사월이다

1cm의 거리

얕은 잠에 빠진 앳된 수녀님
흰색 베일이 슬며시 무릎 위로 떨어져요

달리는 기차처럼
기억 저편 어디쯤
가파른 시간을 오르고 있는 걸까요
자꾸만 떨어지는 고개

눈 덮인 알프스산맥을 힘겹게 오르는 열차처럼
자꾸만 덜컹거리며 흔들리는 몸

옆으로 고개가 기울어도 다정할 수 없는 어깨 하나
덜 익은 과일처럼 울긋불긋 곤란한 얼굴이네요

꾸벅 고개를 떨굴 때마다
흔들리던 십자가 목걸이
낯선 사내 어깨라도 빌리고 싶은 저 1㎝의 거리

닿을 듯 말 듯

정신을 잡지 못하고 헤매는 그곳은
전생일까요 후생일까요

갓 피어난 목련꽃 하나
한남역에서 이촌역을 지날 때까지
1㎝의 거리에서 불안한 롤러코스터를 타고 있어요

마이너스 통장

그는 예스맨이다

몸에 밴 친절은 장점이고 때로는 단점이다

오늘 서울 중앙지검 검사로부터 걸려온 전화

사기사건에 연루 되었단다

깜짝 놀라 묻는 대로 고분고분 검사 말을 경청하며

계좌번호 비밀번호 주민번호까지 모두 알려주었다

"자 그러면 지금 알려주는 계좌로 당신 통장에 있는 돈을 모두 이체해 놓으세요."

"근데요…"

"사실은 얼마 전 대출을 받아서 제 통장이 지금 마이너스인데 어떻게 해야 하나요?"

수화기 너머로 들려오는 한숨 그리고 정적

"진작 말했어야지! 에잇 재수 없어!"

뚜뚜뚜뚜……

다급해진 그는 끊어진 전화기에 대고 계속 검사를 불렀다

안절부절 머릿속이 하얘진 그

검사양반이 왜 그리 화가 났는지 도무지 알 수 없다는

표정이다

퇴근한 아들에게 수심 가득한 목소리로 자초지종을 설명하자 어이없는 아들

"아빠 그거 보이스피싱이잖아요 또 사기당할 뻔 했네요."

한 박자 늦게 사태파악을 한 그가 멋쩍게 웃는다

마이너스 통장 덕분에 안전하지 못한 그의 하루가 안전하게 지나갔다

작품론

빈틈의 정신과 여유의 시학

황정산(시인, 문학평론가)

　우리의 삶은 지켜야 할 질서와 도리와 규범으로 가득
차 있다. 그것을 지키지 않으면 사회로부터 배제되거나
반사회적 반인륜적 인물로 취급받는다. 그런 사람이 되지
않기 위해 우리는 사회가 요구하는 길을 따라 교육받고
일하며 어딘가에 소속되어 그곳이 요구하는 대로 열심히
살아간다. 그리하여 사회에 인정받게 되면 그 사람은 성
공했다고 평가된다. 이 성공을 위해 사람들은 자신의 육
체와 정신을 소모한다. 어찌보면 이렇게 살다가 죽는 것
이 우리의 인생인지도 모른다. 그런데 인생이 이런 것이
라면 얼마나 부질없고 허망한 것일까? 유병란의 시들은
이 어쩔 수 없는 우리의 삶의 가혹함에 주목한다.

　　횟집 수족관은 죽음으로 환승하는 간이역

　　심해에서 끌려나온 지느러미들
　　납작하게 바닥으로 몸을 숨기지만
　　숨을 곳이 없다

바다와 허공 중간 어디쯤
출구는 없다

지느러미 몸짓은 가늠할 수 없는 공포
가끔 유리벽에 혈흔이 비치기도 하지만
아직은 고요한 물결

숨소리를 숨긴다
마지막 손님이 돌아갈 때까지

수족관 맞은편 효사랑 요양병원
유리 외벽을 타고 오르는 햇살 지느러미들
바닥도 허공도 출구가 없다

오래 전 유리벽 안으로 들어간 사람들은 아무도 돌아
오지 못했다

속을 알 수 없는 수족관
저 건물 어디쯤 빠져나올 수 없는 심해가 있다

— 「출구는 없다」 전문

시인은 횟집 수족관을 바라본다. 심해에서 잡혀 온 물
고기들이 자신의 몸을 숨기려 수족관 유리벽을 더듬으며
헤매지만, 거기에는 어떤 출구도 없다. 다만 마지막 손님

133

이 다녀갈 때까지 목숨을 부지하며 살아있기만을 바랄 뿐이다. 그런데 시인은 이 수족관의 물고기들을 바라보다 문득 우리의 삶도 이와 다르지 않다고 생각한다. 사람들은 건물의 유리벽 안으로 들어가 아무도 돌아오지 않는다. 그곳에 자신의 자유를 저당 잡히고 갇혀 살아가고 있다. 그래서 시인은 그 건물 안에 "빠져나올 수 없는 심해가 있다"고 생각한다. 그런데 우리는 이 건물에 들어가기 위해 노력한다. 큰 건물에서의 삶을 위해 공부하고 시험을 보고 또 합격해야 한다. 그 안에 성공적인 삶이 있다고 생각한다. 하지만 그래봐야 수족관의 물고기처럼 그 안에 갇혀 사는 삶을 피할 수 없다.

그곳을 벗어나는 길은 쓸모없는 존재가 되어야 가능하다. 다음 시가 그것을 말해 준다.

견고했던 울타리가 맥없이 무너졌다

유통기한이 끝났다며 환승을 통보받던 날
남아있는 내일을 닫고 그대는 문밖으로 밀려났다

가파른 절벽을 질주하며 사냥하는
눈표범의 날카로운 발톱처럼
여백 없이 단단했던 지난 생

이제는 다 해져버린 발자국들만 무늬로 남아
쓸쓸해진 저녁을 흔들어 놓는다

순간처럼 잘려나간 청춘의 한낮들이
허공을 창백하게 떠다니고
어제보다 일찍 찾아온 계절이 곡선으로 번져간다

메일함에 폐지처럼 쌓인 청춘들
그 이름들이 먼지에 덮여 있다

빛을 잃은 어제가 슬며시 문밖으로 사라진다
　　　　　　　　　　　　—「환승 바이러스」 전문

　유통기한이 지나 유리 진열장에서 쫓겨난 상품처럼 우
리의 삶도 우리를 지키던 "견고한 울타리가 맥없이 무너"
지고 해고나 정년을 통보받고 "문밖으로 밀려"나는 운명
을 피할 수 없다. 아무리 "여백 없이 단단한" 삶을 살아왔
어도 시간이 오면 이 인생의 환승을 피할 수 없다. 시인은
이것을 마치 아무런 경고없이 바이러스처럼 다가와 우리
의 삶을 감염시켜 무력하게 만드는 것으로 표현하고 있
다. 그렇게 밀려난 존재들의 허망함을 "그 이름들이 먼지
에 덮여 있다"고 시인은 슬프게 묘사하고 있다. 힘들게 세
상이 요구하는 대로 "날카로운 발톱"을 세워 "가파른 절

벽을 질주하며" 살아왔지만 언젠가는 "메일함에 폐지처럼 쌓인" 존재가 될 뿐이다.

이러한 사회에서는 누구나 번아웃 증후군을 겪을 수밖에 없다.

먼 곳을 돌아온 발에서 검은 뿔이 돋는다

뛰는 심장을 깊은 숲속 구상나무에 걸어 놓고

제 몸을 이기지 못하고 쓰러진 통나무에 앉아 바람 소리를 듣는다

한동안 상실된 것에서 마른 풀들이 부서져 날릴 것이다

볕 좋은 날 창문을 열고 떠다니는 말의 먼지를 털어낸다

빈틈을 비집고 독풀처럼 자라난 가식과 날선 이야기

텅 빈 계절을 쓰레기통에 버린다

내 안에서 빠져나가지 못하고 시들어버린 바람의 무늬와

표정을 알 수 없는 혀의 말들

조금씩 바닥으로 몸을 낮추고 부풀어 기포가 생긴 입술을

죽은 나무가 모인 북쪽으로 돌려놓는다

가끔 혀의 말에 숨이 차오를 때면 머뭇거리지 않고 너
를 잘라낼 것이다

—「번아웃 증후군」 전문

"먼 곳을 돌아온 발에서 검은 뿔이 돋"을 정도로 삶의
피곤에 지친 사람의 눈에는 자연마저 힘든 모습으로 다가
온다. 통나무는 "제 몸을 이기지 못하고 쓰러"져 있고 마
른 풀들은 먼지처럼 흩어져 날리고 있다. 힘든 삶의 현장
에서는 아름다운 말보다는 "독풀처럼 자라난 가식과 날선
이야기"들이 판을 친다. 사람들은 모두 표정을 알 수 없는
혀에서만 나온 말들로 숨이 차오를 지경이다. 이렇게 자
신을 감추고 살다 결국 피곤에 지쳐 입술에는 포진이 돋
고 죽은 나무처럼 창백한 모습으로 세상의 변두리에 "텅
빈 계절을 쓰레기통에 버"리듯 밀려날 뿐이다.

시인은 이런 답답한 현실의 억압과 권태로운 일상의 반
복 속에서 여유의 빈틈을 찾고자 한다.

틈을 보이지 말라고 엄마가 말했어요
보이지 않는 틈도 언젠가는
큰 상처가 되어 돌아온다고 언니도 말했어요

살다보니 곳곳에 빈틈이 생겨 갈라지고 떨어져 나가
때로는 발등이 깨질 때가 있어요
틈을 메우면 메울수록 자꾸만 늘어나는 빈틈이 신경 쓰여요

가끔은 빈틈을 거울 앞에 올려놓고
길쭉하게 반사된 틈으로 들어가 전신을 비춰봐요

좁고 어두운 틈 앞에 서서
크레바스처럼 깊숙한 곳으로 내려가 봤어요
내려다 볼 때는 시퍼렇고 날카로운 틈의 깊이가 두렵기도
했지만
아무 일도 일어나지 않았어요
오히려 빈틈 막다른 곳에서는 더 깊은 물소리가 났어요

틈이라고 다 같은 틈은 아니겠지만 넓어진 틈에서는
가끔 큰꽃으아리 같은 커다란 별이 내려와
두 다리를 쭉 펴고 쉬어가는 걸 봤어요

빈틈에도 쉼터가 있다는 걸 사람들은 알까요?
— 「빈틈」 전문

사람들은 빈틈을 경계한다. 빈틈이 보이면 그것이 상처
가 되거나 아니면 빈틈이 벌어지고 커져 결국 "발등이 깨
질" 경우처럼 큰 피해를 입을 수도 있다. 하지만 시인은
애써 빈틈을 찾는다. 그 빈틈 속에서 자신을 돌아보기도

하고 그 빈틈 막다른 곳에 숨어 있는 "물소리"도 듣는다. 그리고 그 빈틈에서 "큰꽃으아리 같은 커다란 별"이라는 아름다운 상상의 존재도 만나게 된다. 그 빈틈이 지친 일 상의 삶으로부터 잠시 사람들을 쉬게 하는 쉼터임을 깨닫 는다. 이 빈틈은 예술이고 시일 것이다. 아무런 유용성을 가지고 있지 않은 빈틈에 불과하지만 그 무용함이 우리를 쉼과 해방으로 이끌어주는 아주 유용한 쉼터가 되고 있음 을 시인은 우리에게 이리 넌지시 일러주고 있다. 어쩌면 유병란 시인에게 시 쓰기는 바로 이런 빈틈을 찾아 바쁜 일상의 삶 속에서 애써 정신적 여유를 만드는 일이다.

이 시집의 표제시인 다음 시가 이런 '빈틈의 정신'을 잘 말해준다.

먼저 간 친구 안부가 궁금한 날
깊은 우물에 얼굴을 비춰보는 것을 그러려니라 부를까
부서질 듯 말라버린 기억을 꺼내 찬찬히 들여다보면
모서리가 떨어져 형체를 잃은 기억, 그러려니가 있다

지워진 글씨들이 문장을 밟고 있다
침침해진 눈동자가 생략을 반복해도 이제는 그러려니
모난 마음도 풍화되었는지 그러려니

아주 오래전 척박한 마음 밭에 심은 모종 하나, 그러려니

자갈과 잔돌을 골라내고 마련한 그러려니라는 땅은
오래도록 비바람과 거친 파도가 지나는 동안
모종의 생사를 확인하지 못했다

바람도 잦아들고 파도도 잔잔한 볕 좋은 가을날
스스로 가지를 뻗어 몸을 불리며
열매까지 매달고 있는 그러려니를 보았다
밀려가고 밀려오는 시간들이 음표처럼 떠다니고
한 박자 늦거나 빠르거나 그대로 고요한 몸
어느새 귀가 순해져 있었다

갈라지고 떨어져 나간 껍질 사이로
제 몸처럼 들어앉은 햇살 그림자
짧은 한낮이 천천히 서쪽으로 기울어간다

— 「그러려니가 있다」 전문

흔히 사람들이 옳고 그른 것을 꼬치꼬치 따질 때 그러
려니 하고 넘어가자고 말한다. 그러려니는 잠시 내려놓
을 수 있는 태도와 관련된다. 의무나 규칙이나 이런 해야
할 일에서 어긋나고 별로 삶에 도움이 되지도 못하고 외
려 우리를 불편하게 하는 것이지만 그것을 넉넉한 여유의
마음으로 받아들이는 태도가 바로 '그러려니'이다. 그것
은 인간이 만든 법과 질서로는 설명되지 않는 더 큰 존재
가 우리에게 알려주는 근원적인 진실이나 사랑을 추구하
는 정신에서 할 수 있는 말이기도 하다.

위 시에서 시인은 기억을 더듬어 보지만 그것은 "모서리가 떨어져 형체를 잃은 기억"으로 남아있다. 삶이 아름다운 추억마저 조각내 버리기 때문일 것이다. 하지만 시인은 그것마저 그러려니 받아들인다. 아니 어쩌면 그런 조각난 추억 안에 "그러려니가 있다"고 생각한다. 삶을 살아오면서 나도 모르게 갖게 되는 모질고 척박한 마음이 세월을 두고 풍화될 때 우리는 "그러려니라는 땅"을 만나게 된다고 시인은 말한다. 이런 그러려니의 정신을 받아들일 때 "갈라지고 떨어져 나간" 세월의 상흔 속에서 "제 몸처럼 들어앉은 햇살 그림자"라는 삶의 여유와 쉼을 찾을 수 있다. 유병란 시인이 시를 쓰는 일은 바로 그런 햇살 그림자를 찾는 일과 다르지 않다.

다음 시의 자라를 찾는 마음도 이런 여유의 정신과 일맥을 같이 한다.

세 여자가 어깨까지 올라온 가을 속을 달려간다
자라섬으로

오래 전 칠남매를 키우던 엄마는
가끔 물고기와 자라들을 방생시켜주곤 했었지
그 자라들이 커서 일가를 이루고
자라섬이 된 건 아닐까 잠깐 생각하며

자라섬에 가는 순간 우리는 모두 자라가 된다

세 여자가 목을 움츠리고
드넓은 꽃길을 느릿느릿 걸어간다

살면서 엄마는 몇 번이나 움츠렸을까
꽃물이 다 빠진 엄마가 느리게 걸어온다
백일홍 꽃잎 스웨터를 입고 환하게 손을 흔든다

꽃의 축제는 끝났다고 했다
꽃잎을 접고 있는 백일홍 구절초 군락
시들어가는 꽃들을 배경삼아
멋진 포즈로 사진을 찍는 여자들도 시들어간다

지금은 여자들도 자라도
서쪽으로 더 많이 기울어가는 시간
강물에 비치는 노을도 서쪽으로 엎드려 있다

붉게 물든 세 여자가 바위에 앉아 등껍질을 말리고 있다
꽃들이 흔들린다

햇살에 등을 말리던 자라는 어디로 갔을까
자라섬에 자라는 보이지 않고 꽃들만 화양연화다
　　　　　　　　　　　　　　　　　　—「자라를 찾아서」전문

　가평에 있는 자라섬은 사실 쓸모없는 섬이다. 사람도

살지 않고 농사를 지을만한 경작지도 없다. 조금만 비가 많이 와도 홍수로 넘치니 경작이나 주거가 힘든 곳이다. 하지만 그럼에도 거기에서는 매년 재즈 페스티벌이 열리고 또 정원이 가꾸어져 사철 꽃이 피고 있다. 쓸모없는 땅이지만 여유와 쉼을 주는 곳이 자라섬이다. 시인은 자라섬에서 어린 시절 어머니가 방생을 했던 자라를 생각한다. 초파일에 자라를 방생하는 것은 불교 행사의 일부이긴 하지만 생명의 중요성을 다시금 생각하는 계기이기도 하다. 그것은 그간 우리가 살아오면서 해쳐 왔던 생명들에 대한 경외감의 표현이기도 하다. 시인은 자라섬에 와서 그런 생명의 환희를 다시 느낀다. 그 옛날 방생했던 자라는 없지만, 그 자리에 여러 종류의 꽃들이 만발해서 그들의 화양연화를 구가하고 있다. 이런 것을 생각하는 소중한 여유의 시간을 시인은 이 자라섬에서 만끽한다. "드넓은 꽃길을 느릿느릿 걸어가"는 광경을 떠올리는 것만으로도 이 작품은 우리에게 힐링을 선사하고 삶의 팍팍한 현장에서 잠시 떠나있게 만든다.

그런데 우리는 이 여유와 이 삶의 틈새를 쉽게 즐기지 못한다. 세상에는 넘지 못할 선이 있기 때문이다.

초등학교 동창 모임에서
나를 무던히도 괴롭히던 남자 동창을 만났다

심술과 장난기 가득한 얼굴은 간데없고
의젓한 중년 모습이 낯설다

초등학교 3학년 짝꿍 때
책상 위에 자기 쪽으로 넓게 선을 그어놓고
넘어오면 가만두지 않겠다며 으름장을 놓던 친구
견고했던 그 선은 지금도 선명하다

결혼식도 올리기 전 스무 살 어린 나이에
첫 딸을 낳은 이웃언니
만날 때마다 신세한탄이다
그날 선만 넘지 않았어도 이렇게 살지는 않았을 거라고

선을 넘는다는 건 갈등과 유혹의 줄다리기

얼마 전 나는
들어가지 말라고 줄을 쳐놓은 장미꽃 밭에
몰래 들어가 사진을 찍다가
넝쿨에 걸려 넘어지며 아끼던 원피스 자락이 찢어졌다
— 「선」 전문

시인은 선을 "갈등과 유혹의 줄다리기"로 표현하고 있
다. 욕망은 선을 넘고자 하지만 그 선을 넘을 때 자신이
책임져야 할 인생의 무게는 너무도 무겁다. 시인 역시 동
창회에서 만난 남자 동창생이 왕년에 그어 놓은 선을 지

금도 넘을 수는 없다고 생각한다. 하지만 시인도 선을 넘는 경험을 안 한 것은 아니다. 장미의 아름다움에 빠져 사진을 찍다 원피스 자락이 찢긴 경험을 한다. 아마 그 경험은 선을 넘고자 하는 욕망의 대리 충족일 것이다. 꽃밭의 울타리를 넘는 것으로 인생의 금기를 범하는 모험을 대신한다. 시인은 아마도 시를 통해 이러한 모험을 하고 있다고 생각할 수 있다. 시인은 상상의 언어를 통해 욕망의 일탈을 범하고, 사회가 쳐놓은 금줄을 넘어간다.

이렇게 금기와 그것을 넘고자 하는 팽팽한 긴장감은 다음 시에서 생생한 이미지로 그려진다.

얕은 잠에 빠진 앳된 수녀님
흰색 베일이 슬며시 무릎 위로 떨어져요

달리는 기차처럼
기억 저편 어디쯤
가파른 시간을 오르고 있는 걸까요
자꾸만 떨어지는 고개

눈 덮인 알프스 산맥을 힘겹게 오르는 열차처럼
자꾸만 덜컹거리며 흔들리는 몸

옆으로 고개가 기울어도 다정할 수 없는 어깨 하나
덜 익은 과일처럼 울긋불긋 곤란한 얼굴이네요

꾸벅 고개를 떨굴 때마다
흔들리던 십자가 목걸이
낯선 사내 어깨라도 빌리고 싶은 저 1㎝의 거리

닿을 듯 말 듯

—「1cm의 거리」부분

수녀는 금기의 화신이다. 종교가 정한 교의와 규율을
지켜야 하는 존재이다. 그러나 그런 수녀이지만 얕은 잠
에 빠진 그 짧은 시간 동안 다른 사내의 몸과 1cm의 거리
를 두고 닿을락말락하는 긴장감을 느끼게 한다. 흔들리는
전철에서 잠이 든 수녀의 불안한 모습에서 시인은 수녀가
무의식의 욕망과 규율 사이에서 헤매고 있다고 생각한다.
시인은 그것을 "흰색 베일이 슬며시 무릎 위로 떨어져요"
라고 아주 감각적으로 표현하고 있다. 어쩌면 우리 역시
이 수녀처럼 흔들리는 유혹과 금기 사이에서 잠시 꿈속을
헤매고 있는지 모른다. 하지만 그 사이의 빈틈과 그 빈틈
에서 느끼는 짧은 여유가 우리의 삶을 풍부하게 해준다.
유병란 시인의 시쓰기는 바로 그런 빈틈과 여유를 찾아가
는 여정이다. 그의 시가 불안한 우리의 삶을 일깨워주면
서도 따뜻함을 잃지 않고 우리를 편안히 감싸주는 위안을
주는 것은 이런 이유에서이다.

불교문예시인선 058

그러려니가 있다

초판 1쇄 발행   2024년 1월 5일

지은이	유병란
발행인	문병구
편 집	구름나무
디자인	쏠트라인
펴낸곳	불교문예출판부

등록번호	제312-2005-000016호(2005년 6월 27일
주 소	03656 서울시 서대문구 가좌로2길 50
전화번호	02) 308-9520
전자우편	bulmoonye@hanmail.net

ISBN   978-89-97276-76-9 (03810)

* 잘못된 책은 바꾸어 드립니다.
* 지은이와 협의하여 인지를 생략합니다.
* 이 책의 판권은 지은이와 불교문예출판부에 있습니다.